अनवरत सफ़र

(गीत, ग़ज़ल और कविता-संग्रह)

अनवरत सफ़र

(गीत, ग़ज़ल और कविता-संग्रह)

सुभाष प्र. गुप्ता

प्रलेक प्रकाशन प्राइवेट लिमिटेड
*in association with JVP Publication Pvt. Ltd.

ISBN : 978-93-90410-80-4

पहला पेपरबैक संस्करण : 2021

प्रकाशक :
प्रलेक प्रकाशन प्राइवेट लिमिटेड
PRALEK PRAKASHAN PVT. LTD.

वितरक :
जेवीपी पब्लिकेशन प्राइवेट लिमिटेड
JVP PUBLICATION PVT. LTD.
602, आई-3, ग्लोबल सिटी
विरार (वेस्ट), मुम्बई, महाराष्ट्र-401303
दूरभाष : 9833402902 / 7021263557
Email : pralek.prakashan@gmail.com
Website : www.pralekprakashan.com

अनवरत सफ़र : सुभाष प्र. गुप्ता
Anvarat safar : *Poems* of Subhash P. Gupta

आवरण-चित्र : सुभाष प्र. गुप्ता

पुस्तक सज्जा : जेवीपी पब्लिकेशन प्रा.लि.

समर्पित

पूजनीय माँ

स्व. कौशल्या देवी

1942-2018

भूमिका

सामान्यत: सृजन की दुनिया में सदियों से रचना कार्य के पीछे का मक़सद लिखने की परम्परा रही है और साहित्य के दशा दिशा में अनेकानेक परिवर्तनों के बाद भी यह दस्तूर लेखकों द्वारा बखूबी निभाया जा रहा है। सार्वभौमिक रूप से यह बातें दुनिया के अनगिनत भाषा में लिखे गए रचनाओं पर लागु होती हैं। मैं भी अपवाद नहीं बनना चाहता हूँ और परम्पराओं से बहुत हद तक बँधा हुआ अनुभव करता हूँ। अपनी उद्देश्यों को लिखने से पूर्व कुछ बातों को पृष्ठभूमि में रखने कि इज़ाज़त चाहता हूँ।

मेरी मान्यता है कि रचनाएँ देशकाल के सापेक्ष्य होती है फिर भी लेखन का एक अपना स्वप्न लोक होता है और रचनाकार उस लोक का सम्राट और सम्प्रभू। जहाँ जाये रवि वहाँ पहुँचे कवि। वह बेटोक और निर्भीक होकर घूमते हैं। सम्प्रति रचनाधर्मिता के शुरुआत के समय, रचनाकार अपनी रचना को अपनी सुख के लिए सृजित करता रहा होगा और प्रतिबंध भी उस पर बहुत कम रहा होगा। फिर भी मर्यादाएँ भी रही होगी। जैसा रूसो ने लिखा है कि जन्मना व्यक्ति स्वतंत्र है लेकिन सभी जगह जंजीरों से बँधा हुआ है। (Man is born free and everywhere he is in chains)।

चूँकि लीपि और लेखन का जन्म बाद में हुआ इसलिए हमारे आदि रचनाकारों को अपनी रचना करते समय यह धयान रखना पड़ता होगा कि रचनाएँ उनकी स्मृति में रहें। इसलिए शायद ज्ञयात्मकता एक शर्त कि तरह उभरी हुई होगी। इस तरह से लय और छंदबद्ध रचनाओं का जन्म हुआ होगा। हिंदी साहित्य के अनवरत सफ़र में इसकी भाषा, शैली, रूप, भाव, रस, शृंगार इत्यादि जैसी कारकों में परिवर्तन के संदर्भ को देखा जा सकता है।

आज भी रचनाकार स्वतंत्र होते हुए भी स्वछंद नहीं है क्योंकि देश और काल से हमारा जीवन बंधा हुआ है। हमारे संविधान में भी अनुच्छेद 19 के अंतर्गत दी गई नागरिकों की अभिव्यति की स्वतन्त्रता कुछ कारकों से मर्यादित की गई है। दूसरे अकविता और नई कविता जैसी विधाओं के चलन में आ जाने से पारम्परिक प्रतिमान पूरी तरह नहीं टूटे है। लय और छंद, तुकबंदी, श्रृंगार और अलंकार इत्यादि

भी साथ साथ चल रहा है।

इसी तरह अभिव्यक्ति का भाषायी माध्यम भी परिवर्तनशील रहा है। नाथपंथियों के रचनाओं की भाषा और शिल्प हिंदवी और रेख़्ता के शिल्प भिन्न हैं। उनीसवीं सदी के हिंदी साहित्य के कथ्य, भाषा और शिल्प उत्तर आधुनिकता और डिजिटल युग के साहित्य से अपनी अलग पहचान रखता है। समय के चक्र के साथ नदियों की तरह भाषा भी अपना आकर ग्रहण करता है।

हिंदी साहित्य के रचनाकारों के उद्‌देश्यों पर सरसरी तौर पर नज़र डालना यहाँ समीचीन हो सकता है। गोस्वामी तुलसीदास जी ने अपने उद्‌देश्यों को निम्नांकित श्लोक में समझ सकते हैं।

नानापुराणनिगमागमसम्मतं यद् रामायणे निगदितं क्वचिदन्यतोऽपि।
स्वांत:सुखाय तुलसी रघुनाथगाथा भाषानिबंधमतिमंजुलमातनोति ॥7॥

अर्थात अनेक पुराण, वेद और शास्त्र से सम्मत तथा जो रामायण में वर्णित है और कुछ अन्यत्र से भी उपलब्ध रघुनाथ की कथा को तुलसीदास अपने अंत:करण के सुख के लिए अत्यंत मनोहर भाषा रचना में निबद्ध करता है। स्पष्ट है कि कहने का आशय आदि कवि ने शास्त्र सम्मत परम्पराओं के आधीन रहते हुए अपनी रचना करते हुए दो मुख्य बातों को ध्यान में रखा है। प्रथम स्वांत सुखाय और द्वितीय मनोहर भाषा अर्थात भाषा और इसके विविध शिल्प। मानस के कथ्य पर देश काल के प्रभाव से हम सब अवगत ही है। कबीर और रहीम के दोहों में भी स्वांत सुखाय के भाव को खोजै जा सकता है। रीतिकालीन कवि भिखारी दास के अनुसार कविता के उद्‌देश्य है...

आगे के कवि रीझिहें, तो कविताई, न तौ
राधिका कन्हाई सुमिरन को बहानो है।

अर्थात- आगे के कवि रीझें तो कविता है अन्यथा राधा-कृष्ण के स्मरण का बहाना ही सही।

दूसरी तरफ़ चारण साहित्य की सर्जना में रचनाकारों का एक मुख्य उद्‌देश्य आजीविका रहा होगा। वीरगाथा काल के साहित्य को इसी संदर्भ में समझने की जरूरत है। लेखक अपनी आजीविका के लिए लिखने के लिए प्रेरित हुए होंगे। आमिर खुसरों ने नूह सिपिहर की रचना मूल रूप से मुबारक शाह खलज़ी के प्रशंशा में लिखी थी। इस तरह से दरवारी लेखन के पीछे पद, प्रतिष्ठा और आजीविका का सरोकार भी अंतर्निहत रहा है।

कुछ लोग युवाओं के लेखन को उपभोक्तावादी संस्कृति और बज़ार के बढ़ते

प्रभाव से जोड़कर कर देखते हैं और लेखन के बाजारीकरण के खतरों ने आगाह करतें है। अक्सर हिंदी के सुप्रशिद्ध कवियों की दुहाई देते रहतें है कि उन लोगों ने समाज को दिशा देने में अपना सर्वस्वा न्योछावर कर दिया उनके इस बलिदान से हम इंकार नहीं कर सकते लेकिन इसका यह भी अर्थ नहीं कि हम चंद्रवरदाई और अमीर ख़ुशरों के योगदान को भूल जाएँ। आजीविका पूर्ति, देश प्रेम, पद प्रतिष्ठा का उद्देश्य भी रचनाकारों के लिए एक प्रेरक रहा है। इसलिए आज के युवाओं के लेखन को निकृश्ट दृस्टि से देखने के बजाए सही परिप्रेक्ष्य में समझा जाना चाहिए। एक लेखक ने सपाट शव्दों में कहा था कि लेखन को टूथ पेस्ट और साबुन कि तरह बाजार में बेचना चाहिए। हिंदी लेखन जगत कि यह दुविधा रही है कि आदर्श और बाजार या माँग में किसे तरजीह दी जाये। अन्य भाषाओं में जब लेखक बाजार को केंद्रबिंदु रखकर लिखते हैं तो हिंदी में क्यों नहीं। कला के अन्य क्षेत्रों जैसे शास्त्रीय संगीत और नृत्य के दुनिया में भी बाज़ारीय पहलुओं का समावेश हुआ है।

हम हिंदी को अंतर्राष्ट्रीय भाषा के रूप में विकसित होता हुआ देखना चाहते हैं तो हमें विश्व की बदलती हुई परिस्थिति के अनुसार अपने साहित्य के कलेवर को पेश करना होगा। पंडित रविशंकर ने अपने जीविका का ध्यान रखते हुए संगीत कि न सिर्फ साधना कि अपितु भारतीय शास्त्रीय संगीत को अंतरास्ट्रीय जगत में और भी प्रसिद्धि दिलवाया। हिंदी कविता के प्रसार और जनता के बीच प्रचारित करने में कुमार विश्वाश की एक महत्वपूर्ण भूमिका से इंकार करके किस आदर्शवादिता की हम जीत दिलवाना चाहते है। सच में भूखे भजन न होये गोपाला। लेखक अपने अस्तित्व के साथ ही हिंदी की सेवा कर सकते है।

दूसरे, कुछ समीक्षक रचना के क्षेत्र में आएँ बदलाव से भी ख़ुश नहीं हैं और यह चिंता व्यक्त करते हैं कि इससे हिंदी साहित्य का क्षरण हो रहा हैं। कथ्य और भाषा के स्तर पर आते बदलाव कि निंदा करते हैं और उनका भी लक्ष्य मुख्यतः युवा वर्ग है। मुझे लगता है समस्या जनरेशन गैप से जुड़ी है। हमें अपने अपने समय के चौखट से आगे और पीछे देखने की आवश्यकता है। जब माध्यम ही मैसेज बन गया हो ऐसे समय में हमें नई प्राविधि से सुसज्जित होने की जरूरत हैं। इतिहास गवाह हैं रूढ़िवादिता और समाज से कटने के कारण भाषाएँ मृत हो जाती हैं। इसलिए भाषा की प्रासंगिता को बनाये रखने के लिए जरूरी हैं कि भाषायी सृजनशीलता को अल्हड़ पवन या उछलती कूदती नदियों कि तरह छोड़ देना चाहिए आजादी के बाद जिस तरिके से हिंदी का फैलाव हुआ हैं इससे लगता हैं हिंदी अपनी जगह खुद ही बना लेगी। सरकारी हस्तक्षेप से हिंदी का कृत्रिम विकास उसी तरह होगा जिसे हिंदी के तकनीकी शब्दावली का जिसका उपयोग तो होता हैं लेकिन आम जन समझ नहीं पाते। हिंदी समावेशी लक्षणों से परिपूर्ण हैं और यह नैशर्गेक रूप से अपना रास्ता स्वयं प्रशस्त करेगी। आज के बाजार में हिंदी की उपेक्षा की ही

नहीं जा सकती। जो ऊपरी तौर पर दिखती हैं वैसा नहीं हैं। हिंदी रुपी वटबृक्ष का निरंतर विस्तार जारी है।

सदियों से प्रेम निश्चित रूप से रचनाकारों के रचनाओं के सृजन में एक प्रेरक पुंज का काम करता रहा है। प्रेम सिर्फ दो विषमलैंगिक लोगों के बीच का सिर्फ एक आयाम नहीं है। इंद्रधनुष में सभी रंगों का समावेश हो जाता है लेकिन प्रेम एक ऐसा रंग है जो मेघ धनुष से परे है। इसकी कोई सीमा नहीं है अनंत शाश्वत और अद्वित्य है। इसलिए प्रेम में रचनाधर्मिता मानव की एक नियति है और कविता, अकविता, ग़ज़ल इत्यादि अपनी नियतियों को प्रकट करने का अनेक माध्यमों में से एक है। आप भी सहमत होंगे कि मीरा के गीतों और सुर के रचनाओं के पीछे पद प्रतिष्ठा और धन प्रयोजन नहीं रहा होगा। भारतेन्दु और एक हद तक दरवारी कवि भी देश प्रेम में अंधे हो गए थे। प्रेमचंद्र सिर्फ आजीविका के लिए अपने जीवन को कलम के सेवा में समर्पित नहीं किये होंगें। पंत के लक्ष्यों में प्रकृति प्रेम भी रहा था। छायावद का साहित्य भी प्रेम, लोकरंजन, स्व सुख इत्यादि से प्रभवित जान पड़ता है। स्पस्ट है कि आदर्शवादिता कहीं न कहीं रचनाकारों के जेहन में रही है। आज के रचनाकारों की सृजना को भी इसी संदर्भ में देखा जाना चाहिए।

मेरी मान्यता है कि सिर्फ एक उद्ददेश्य से लेखन सम्भव हो ही नहीं सकता और समय के साथ रचनाकारों के उद्ददेश्य में बदलते देशकाल के अनुरूप परिवर्तन होता रहता है। मेरी रचनाएँ और लेखन कार्य भी इसी मानदंड पर कमोवेश आधारित है। एक उद्ददेश्य न कभी केन्द्रबिन्दु रहा था न है न रहेगा। इस पुस्तक में संग्रहित रचनाओं का कथ्य, भाषा, शिल्प इत्यादि देशकाल के लिहाज़ से गत्यात्मक रहा है साथ ही उम्र और अनुभव में आते बदलावों से प्रभवित है। कहने की जरूरत नहीं है कि मेरी रचनाएँ स्वतंत्र है स्वछंद नहीं है। चाहे इसे कथ्य की दृस्टि से या भाषा शिल्प के दृष्टि से देखा जाये।

कथ्य की दृष्टि से प्रेम मेरी रचनाओं का संबल है, चाहे वह कैशोर्य का प्रेम और विरह हो या उम्र के दूसरे पायदान का प्रेम। प्रकृति और देश प्रेम भी मेरी मुख्य प्रेरणा की शक्ति रही है। इसके साथ ही साथ प्रेम के अनन्य रंग और ख़ुशबू को इन रचनाओं में अनुभव किया जा सकता है। ईश्वरीय प्रेम या कहें सूफियाना प्रेम के विषय बरवस मुझे लिखने के लिए प्रेरित किया है। देशकाल की समस्याओं से भी मेरी रचनाएँ अछूती नहीं रही है।

भाषा की दृष्टि से भी विविधता लिए हुई है। लेकिन मुख्य रूप से हिंदुस्तानी हिंदी के करीब रहकर, रचनाओं का ताना बाना बुना गया है। शब्दकोष में तत्सम के साथ देशज और विशेषज्ञ मुख्यतया फ़ारसी और अरबी तथा कहीं कहीं तुर्की मूल के शब्दों का भी इस्तेमाल किया गया है। अभिधा के साथ लक्षणा और व्यंजना का भी यथोचित प्रयोग हुआ है। इसी प्रकार, ग़ज़ल और गीत के विधा के रूप में रचनाओं

को रचित करने की मेरी ख़्वाहिश रही है फिर भी अकविता-नई कविता जैसी स्वतंत्र लेखन को भी अपनाया है। पारम्परिक रूप से ग़ज़ल के निर्धारित मानकों में से कुछ को अपनाया है तो कुछ की तिलांजलि दे दी जो शायद अनजाने में अबतक होता रहा है क्योंकि अरूज शास्त्र के निर्धारित रुक्न और बहर के उसूलों को ध्यान में नहीं रखा गया है। ग़ज़ल के लिए निर्धारित अन्य मानकों जैसे शेर, मक्ता, मतला, रद्दीफ़, काफ़िया इत्यादि का इस्तेमाल यथासम्भव किया गया है। गेयात्मकता, लय और तुकबंदी से रचनाएँ मेरी पूर्णत: मुक्त नहीं हैं।

16वें सावन ने जब दस्तक दी तब मैंने अपनी पहली रचना करके फूला न समाया और एक गीतकार के रूप में अपनी यात्रा को लगभग तीन साल तेजी से बढ़ाया। इसी बीच जीवन के अन्य अभिलाषाओं की पूर्ति के लिए रचनाधर्मिता की दुनिया से दूर होता चला गया। यदा-कदा लेखन के मेरे स्वप्न लोक में कभी-कभी फूल खिलते रहे। कूटनीतज्ञ पेशा में आने के बाबजूद अभिवयक्ति को जारी रखा। इस प्रकार उतार-चढ़ाव के बीच कल्पना लोक का मेरा यह अनवरत सफ़र जारी है और साँसों के गति के लय और तरन्नुम की तरह।

हालिया कुछ वर्षों में अपनी रचनाओं में कथ्य के स्तर पर समकालीनता के प्रभाव को महसूस कर रहा हूँ और शिल्प के स्तर पर भी बदलाब आएँ है। स्वांत: सुखाय और प्रेम तो सृजना का उद्देश्य तो है ही। साथ ही अन्य उदेश्यों जैसे मान, सम्मान, साहित्य सेवा इत्यादि से इंकार करना ज्यादती होगी। न चाहते हुए भी काफी हमने लिख दिया।

सुधि पाठकों के मध्य मेरी चुनिंदा रचनाएँ जो पिछले तीन दशकों में रची गई हैं इस संग्रह के माध्यम से पेश की जा रही हैं। आशा है कि यह आपको पसंद आएँगी और आपका आशीर्वाद मिलेगा। साथ ही साथ, अत्यंत कम समय में प्रकाशित करने के लिए जितेन्द्र पात्रो जी साधुवाद के पात्र हैं।

आश्विन 2020

सुभाष प्रसाद गुप्ता
वियना, ऑस्ट्रिया

क्रम

ठहराब

शहर से देहात-ऐ-तलक
ये जीवन थम सा गया है
आशियाँ में हयात बर्फ़ की तरह
ज़म सा गया है

बस्ती में इंसानों को
मयसर नहीं आब-ओ-दाना
मासूमों की बेबसी देखकर आँखें
नम सा गया हैं

टूट गई सब हसरतें
छीन गई हाथों से निवाले
कोरोना के इस दौड़ में पमालों का
दम सा गया है

वीरां हुए सब रास्तें और
मंज़िलें हुई अब ओझल
जुदा ऐसे हुए सब लगता है कोई
हम सा गया है

शिफा की उम्मीद में अहाते में
कैद व सहमे हम
गुजर रही है ऐ पल जैसे महीनों में
रम सा गया है

मयस्सर-उपलब्धता, हयात-जीवन, शिफ़ा-बीमारी से स्वस्थ होना

हौसला

हौसला रख दोस्त कोरोना का
कहर भी देखेंगे
रब ने बख़्शी है उम्र हम उनका
नज़र भी देखेंगे।

बेज़ारी के इस दौर में
तन्हा तन्हा सब्र से गुजारें
लवों पे दुआ रख दोस्त इसका
असर भी देखेंगे।

जुगनू की रौशनी में
गुज़र जाएगी दो-चार लम्हें
स्याह शब के सीने से चीरता सा
सहर भी देखेंगे।

टूट ही जातें हैं शाख़ों से
पत्ते ख़िज़ाँ के दौर में
हिम्मत रखिये चमन में बहारे
मंज़र भी देखेंगे।

जहां में मातम और खौफ में
आज है इंसानियत
रफ्ता रफ्ता कातिल का
थमता ज़हर भी देखेंगे।

जब ज़ज़्बात की कश्ती
दाल दी हैं तूफ़ान में
उम्मीद रख शहाब समंदर का
लहर भी देखेंगे।

अफ़साने

मुख़्तलिफ थी कल तक हमारे अफ़साने
अब वो तमाम देखते हैं
कल तक चश्में जुस्तजू थी दो दिलों की
अब वो अवाम देखते है

सहर से शामे तलक सीने में
उभरता रहा आशना-ए-रोशनाई
सुर्ख हुए चश्म-ए-समंदर की गहराई,
अब वो कलाम देखते हैं

जन्नत की खातिर तिनका तिनका
बिखेरा उम्र भर गुलिश्तां में
दो गज़ का नशेमन बनाऊं कैसे जान
अब वो क़याम देखते है

अबीर की ख़्वाहिश लिये लूटा दी
बहार-ए-गुलशन की ख़ुशबू
खिजां का दौर इस तरह चला
ज़िंदगी अब वो मशाम देखते है

अजल और मुदाम हुए हमारे
दिलों के ये सूफ़ियाना अफ़साने
बदन और रूह का यह दमाम रिश्ता
अब वो पयाम देखते है

शज़र से टूटते जर्द पत्तों को कहाँ
उसकी ये हकीकत मालूम
पुरनूर हो क़मर में रंग जमाल शिहाब
अब वो मक़ाम देखते है

मुख़्तलिफ-Specific, चश्में जुस्तजू - dream in eyes, आशना-ए-रोशनाई-ink of love, मशाम-Fragrance, शजर-tree, जर्द पत्तों-yellow leaves, क़यान-Stay, मुदाम/ दमाम-eternal, पयाम-message, क़मर-moon, शिहाब-Shooting star

असास-ऐ-इश्क़

सर्द सुबह में आज कोहरा घना हैं
सफ़ेद रंग से आबो फ़िज़ा सना हैं।

राह में रहबर आज भले ही न मिले
लेकिन किसने कहा चलना मना है।

न टूटेगी ये हमारी इश्क़े मनाज़िल
दिलों के राब्ता से आशियाँ बना है।

रूहों का मरासिम सदियों में नहीं
तेरे सोहबत में चंद लम्हें फ़ना हैं।

जुदा है रंग-ओ-बू लेकिन राहें एक
असासों के दम पे आबाद तना है

असास-मुनियाद, राब्ता-संपर्क

ख़ूबसूरत ज़िदगानी

गुलों से ख़ुश्बू व झरनों से
मौज़ चुराकर देखिये।
इल्तज़ा है तितलियों के
रंगों में नहाकर देखिये।

जन्नत की ख़्वाहिश में
बिता दी हमनें ये उम्र
ख़ूबसूरत है हर लम्हा
उसमें उतरकर देखिये।

अँधेरे के साये में क्यों
करते हो जाया ज़िंदगानी
धूप कितनी सुनहरी है
उसमें ठहरकर देखिये।

शिक़वे-शिकायत में आज
गुमराह इंसानियत
मिलेंगें दोस्त रकीबों के शहर में
खोजकर देखिये।

बेबजह गिला व रंजिसे
ना रखिये सीने में हुज़ूर
बिखरेगी नूर मेरी आँखों में
जरा बसकर देखिये।

रंगों के तिलिस्म

मगरिब में ढलते रंगों के तिलिस्म में
खनक किसका है
ये उड़ते रंगों के सैलाब के जिस्म में
धनक किसका है

कोयल की कूक या आबे बहिश्त से
निकलती ये तान
मौशिकी और फ़िज़ां के मक़ामात में
झनक किसका है

फ़िज़ां के रुखसार में या अब्र में
लिपटी ये चम्पई लेप
रंगों के इस बाजार के कारोबार का
भनक किसका है

शहाब के ज़जीरे में नायब रंगों का
ये लाज़बाब रक़्स
रूहानी तराने व दिलक़श बंदिश में
छनक किसका है

ये कौन सा रंगसाजी या
मुसब्बिर की नामचीन शबीह
शिहाब उफ़क के रुख को रंगने का
सनक किसका है

धनक-इंद्रधनुष, रक़्स-विनाश, शबीह-चित्र, उफक-क्षितिज

कमर भी शरमा गया

हिन्द का नूरे बारात देख
कल कमर भी शरमा गया।
सजाया विक्रम का जो सेहरा
उसका गला भर गया।

सहर में कौतूहल में थे
हिन्द के दानिश फ़रिश्ते,
फैसले की घड़ी में हमारा
विक्रम से राब्ता टूट गया।

खोजी कारवां चला था
बर्फ़ीली वादियों के जानिब,
मक़ाम हासिल न सही
तिरंगा का निशाँ छोड़ आया।

गुमाँ है सबसे किफायती
था अपना सफ़र हमारा,
दूर से चाँद को घूमने के लिए
उपग्रह छोड़ आया।

फ़ज़ा में नए इल्मी शाख
फिर नुमायाँ होंगे शहाब,
माहताब क्या कहकशाँ में
जाने का करार आया

विक्रम-Inder, ज़ानिब-के ओर

चंद्रयान 2

नई तरह से चलो चाँद को घूमें
फिर से चलो हम चाँद को चूमें

तेरी सतही पानी, कण-कण में
नवीन बोध से उसमें हम झूमें

विक्रम ध्रुव में पग रखने को है
आज चल चन्द्र चट्टानों को चूमें

बर्फ़ीली घाटी में जीवन का शोध
प्रज्ञान सजग व मद्र चाल से घूमें

तिरंगा को श्वेत आभा में लहराये
रजनी के आँचल में नाचे और झूमें

प्रज्ञान-Rover

फसल

आप मीठे ख़्याली खेतों की
इक फसल हो
या साँसों से उपजी हुई
इक ग़ज़ल हो

वक़्त गुजरेंगे जैसे
हाथों से फिसलते रेत
लेकिन रगों में दौड़ने वाली
तुम जल हो

तराने गूजेंगे जैसे
पंचम से निकलते गीत
आप ख़ुद में ही
मिसरा ऐ बेमिसाल हो

धनक में ना समाने वाली
इक रंग नायाब
आप जिस्म और जेहन से
परे ख़्याल हो

महताब में दमकते
नूर की क्या औकात
आप कहकशाँ में
शिहाब-ए-जमाल हो

रंगावली-Spectrum, जेहन-Mind, महताब-Moon, कहकशाँ-Galaxy, शिहाब-Shooting star, जमाल-Charm/beauty

हयात

बसंती बयार में इतराते गुलों की
हस्ती तमाम होती है
मौसमें बहार ही नहीं
पतझर के दिन भी सतरंगी होती हैं

शरारे शमा में मचलते बहकते
परवाने को कहाँ मालूम
रूह-जिस्म का बाबस्ता कितना
इक दिन ये फ़ना होती है

हाथ से फिसलते गिरते
रेत की तरह उम्र को कहाँ मालूम
लिबास बदलने में गुज़री
इक दिन हयात भी अजल होती है

वक़्त के मारे कराहते बिलखते
दर्देदिल को कहाँ मालूम
खिजां व बहार की तरह
हर गम की इक इंतिहा होती है

खिजां में शाख से टूटते
बिखरते पत्तिओं को कहाँ मालूम
कायनात में कब तक शिहाब
रात की इक सहर होती है

वियना की बर्फ़ीली रात

आज खिड़की से बरफ़ में
लिपटी हुई दरख्तों को देखता हूँ,
सफेद लिवास में ख़ामोश
जमीन के सब्ज को देखता हूँ।

इस दुधिया रात में सितारों के
दीदार की ख़्वाहिश लिए,
आज महताब को बेइंतहा
फलक में खोजता हूँ।

सफ़ेद और स्याह की मानिंद है
आज रंग क़ायनात का,
आज वाह रे कुदरत ज़मीन पर
क़हक़शाँ को देखता हूँ।

परिंदों का आशियाँ
सलामत रहे बर्फ़ीले शाख पर,
आज बर्फ़ के पिघलने में
एक नज़्म सुनता हूँ।

ना कोई शोर हर तरफ़ है
आज सन्नाटा का कारोबार,
स्तब्ध पलकों से दिल्ली की रौनक को
वियना में ढूँढ़ता हूँ

बसंत बहार

वो दिन थे कैसे जब पीली धूप का
रहता था इंतज़ार
एक सिहरन सी होती थी तन में
जब बहता था बयार

कहीं सरसों के पीले फूल
कहीं मटर के बैगनी फूल से
अलसी के नीली फूलों से
बसंत का सजता था सिंगार

कहीं बेल की खूशबू
और कहीं मिश्रीकंद के स्वाद से
भांग की हरियाली व महुआ से
शोभित होता था बहार

कहीं सेमल के लाल फूल
और कहीं खट्टे बेर के फल
बागमती के किनारे किलकारी
करता था किलकार

कहीं पूजा की तैयारियाँ
कहीं अल्हड़ कोयल की तान
बसंत पंचमी में हर दिशा
व मन में बजता था सितार

माँ सुन लो ना

चाँद को धरती पर उतरूँ
माँ सुन लो ना सुन लो ना
मैं तेरा एक आशिक हूँ
माँ सुन लो ना सुन लो ना।

तेरे सीने में तिंरगा लहराने के
खातिर ये नील गगन
जीवन अर्पण कर सकता हूँ
माँ सुन लो न सुन लो ना।

केशरिया ज्वाला जग में बिखेरने के
खातिर ये दहन
खुद हवन कर सकता हूँ
माँ सुन लो न सुन लो ना।

सादगी में सराबोर करने के
खातिर ये वतन
दो जहाँ लूटा सकता हूँ
माँ सुन लो न सुन लो ना।

हरियाली और ख़ुशहाली फैलाने की
खातिर ये चमन
रक्त से दामन भर सकता हूँ
माँ सुन लो ना सुन लो ना।

शांति और समृद्धि फैलाने की
खातिर ये क़फ़न
तीन रंगों में समा सकता हूँ
माँ सुन लो न सुन लो ना।

सुरभित तेरे कण कण को करने के
ख़ातिर ये पवन
सुबासित कर सकता हूँ मन
माँ सुन लो ना सुन लो ना।

नए साल में

आरजू है खुदा जीवन में
आये बहार नए साल में
नशेमन में हो दौलत और शिफा
इस नए साल में।

मिन्नत है ये मालिक से
सबके हो सपने साकार
दिलों में शहनाई और लबों में
तराना नए साल में।

बेशकीमती मीना
व जवाहिरात से सजे बाजार
हिन्द में मुफ़लिसी का अब
अंत हो नए साल में।

आंखों में हो नूर और सुर्ख हो
सबों के रुखसार
मुल्क में मुक्कमल रहे
इंसानियत नए साल में।

इल्तिजा है रब दशहतगर्दी का
बन्द हो कारोबार
अमन का ये मशाल
बुलंद हो इस नए साल में।

वजूद

एक चिंगारी हूँ
नहीं मिटेगी रंगे दमक मेरी
गर बुझ भी गया
एक दिन सितारों में समा जाऊँगा।

वो अमरवेल हूँ
नहीं मिटेगी वजूद मेरी
गर जल भी गया
एक दिन शाखों से लिपट जाऊँगा।

वो गुले गुलशन हूँ
नहीं मिटेगी खूशबू मेरी
गर टूट भी गया
एक दिन गुल-ऐ-आब में महक जाऊँगा।

वो सूर साज़ हूँ
नहीं मिटेगी खनक मेरी
गर बेताल भी हुए
एक दिन झरनों में समा जाऊँगा।

एक कातिब हूँ
नहीं मिटेगी हस्ती मेरी
गर मिट भी गया
एक दिन हिन्द किताब में रह जाऊँगा।

मक़ाम

मैं वो शायर नहीं जो फूलों से
रंग-ओ-बू चुराता हूँ
रुबाई तुम्हें मुबारक़
मैं मर्सिया से भी रंग जमाता हूँ

मैं वो माँझी नहीं जो
मझधार में भंवरों से डरता हूँ
साहिल मिले न मिले मैं
लहरों में भी सुर सजाता हूँ

मैं वो बुझा शख़्स नहीं
जो ख़ारों से दामन बचाता हूँ
चमन मुबारक़ हो रफ़ीक़
मैं काँटों से भी निभाता हूँ

मैं वो शजर नहीं जो सब्जे
मंज़र को गले लगाता हूँ
नशेमन शाद हो तेरा
मैं सहरा में भी ख़ुशी मनाता हूँ

मैं वो बंजारा नहीं जो
कारवाँ में कदम बढ़ाता हूँ
मंजिल रब जाने मैं
सहरा में भी मक़ाम बनाता हूँ

डूबा-डूबा

डूबा-डूबा सा रहता हूँ
पल पल तेरी निग़ाहों में
सिमट सिमट सा जाता हूँ
पल पल तेरी पनाहों में

घुला-घुला सा रहता हूँ
हमदम तेरी आहों में
खोया खोया सा जाता हूँ
हरदम तेरी बाँहों में

बिखरा बिखरा सा रहता हूँ
रहबर तेरी राहों में
महक महक सा जाता हूँ
हम दम तेरी चाहों में

सहमा-सहमा सा रहता हूँ
हमदम तेरी विरहों में
बँधा-बँधा सा जाता हूँ
हमसफ़र तेरी गिरहों में

सँवरा सँवरा सा रहता हूँ
सनम तेरी शबीहों में
फ़ना फ़ना हो जाता हूँ
दिलबर तेरी रूहों में

उम्मीद

चेहरे पर लकीर आ भी जाये
फ़ासिला कम हो
गुरब्बत के दिन चाहे आये
दिलों में गिला कम हो

सफर में है हम संग की तरह
इस भरी दुनिया में
इश्क़ असर हो गर
शिकवों का दाखिला कम हो

ज़लज़ला भी आये तो
आने दो दिलों की बस्ती में
रिश्ता-ए-इमारत बनेगी
गर बुनियाद हिला कम हो

परवाना शमा की तरह
जिए जाओ मदमस्ती में
अब रक़ीब नफ़रत का
ये सिलसिला कम हो

सहरा में शजर की
परवरिश के लिए हम वतन
दोस्त गुजिश्ता रंजिशें
जो हो अब सिला कम हो

वक़्त की उम्र

वक़्त की उम्र कितनी
कोई हमें हसाब बता दे
कल आज और कल के
राज को अजाब बता दे

सफर में मौत कब होती
ये कोई जवाब बता दे
पलों में फ़ना ज़िंदगी को
कोई बेहसाब बता दे

आने जाने की आँख मिचौनी को
कोई शबाब बता दे
जीने मरने के खेल को
कोई लाजबाव बता दे

सब्ज उगते रहेंगे
कोई रंगों का पड़ाव बता दे
महफ़िल और कारवाँ का
कोई ठहराब बता दे

लम्हों में सालों जीने की
कोई ख़्वाब बता दे
क़तरा-समंदर में भेद नहीं
इसे शहाब बता दे

अज़ाब-Torment/Agony, शबाब-Youth, Prime of life

तरन्नुम

तरन्नुम ही ज़िंदगी की
अव्वल शर्त होती है
ये वो तार है जिसे
टूटने पर मौत होती है

तर्रनुम का अहसास हैं
सबों के साँसों में
ये वो क़तरा है जो
सबों के रग़ों में होती है

माकूल वक़्त इश्क़ की
कभी शर्त नहीं
ये वो जज़्बा है जो
हरेक दिलों में होती है

रूयाँ में ख़ुशफहमी का
इलाज़ न शायद
ये वो शब है जिसकी
सहर नहीं होती है

साल से मरासिम का
ख़्वाब नहीं 'शहाब'
मुख़्तसर हर पलों में
दिल फ़ना होती है

रूयाँ-स्वप्न, मरासिम-relations, customs, rules, मुख्तसर-concise, फ़ना-मौत, गायब, मुक्ति

होली के रंग

खेतों में इठलाती बलखाती
गेहूँ की बालियाँ
झूमती इतराती लहलहाती
आम की मंजरियाँ
सरसों के पीली सेज में
मगन प्रकृति रसिया
बसंत शृंगार में
गुलाबी रंग लगा दे माहियाँ

अल्हड़ बसंती पवन
मदहोश है पिए भंगिया
रंगोंत्सव में चहुँओर
उमंग में मगन गोपियाँ
मृदंग करताल बीच
थिरक रही छम छमियाँ
लटक मटक चहक के
राग सुनावें कोयलियाँ

चंपा चमेली जूही सब
एक रंग है मेरे बगिया
आज पिचकारी से
छुट रही इंद्रधनुषी गोलियाँ
लाल पीला गुलाबी
केसरिया से भीगे चुनरिया
सांवरे सलोने अपने ही
रंग में रंग दे अंगिया

गुलाबी फुहार में सराबोर
बहारों की शोखियाँ
रंगों की रंगत चढ़ी है
हर डगर में रंगरेलियाँ
सुध बुध खोये
एक दूसरे को लगाये छतियाँ
मृदुंग मँजीरा झाँझ थाप पे
फ़ाग खेले गोरिया

अपने ही धुन में मस्त हैं
दीवानो की टोलियाँ
आज सांसों के लय छंद में
घुल जा साथियाँ
अंग अंग में
फाल्गुनी बयार से जले देहिया
निशा में प्रणयी पिया
सेज में तोरे निंदिया

तमन्ना-ए-तिरंगा

जश्न मनाने की ख़्वाहिश
हिन्द भूला ना पाया
मेरे दोस्त तुम्हारी कोशिशें
हमें हिला ना पाया

तुम उम्मीदों के दिए
जलाने के लिए बेताब
हम तेरे उम्मीदों के तेल से
तुझे जला दिया

तक़सीम की राह चले
तुम दिलों में भरे तेज़ाब
जो डंक तुमने सहेजे थे
उसी ने तुझे रुला दिया

खेल तुमने खेला सालों से
मन में लिए दुहराब
तेरे मक़सद को आज
ग्यारह ने दहला दिया

तमन्ना है इस तिरंगे की
सब हो कामयाब
जिसे वक़्त ने नायाब
तिरंगा में नहला दिया

कातिल पुतली

सफेद समंदर में तैरता
स्याह छुईमुई कातिल पुतली,
पुरनूर बरसती है दिलों में
तेरे नयनों के खुल जाने से।

आसमान की पेशानी को
चूमती हुई ये सुरमई बदली,
कौंधती है बिजली साँसों में
तेरे अलकों के लहराने से।

उफ़क़ में मिलती धरा नभ की
ये चम्पई ओंठ रंगीली,
तार झंकृत होते हैं दिलों की
तेरे लवों के कँपकँपाने से।

शफ़ाफ़ साक़ी-ए-गुलफाम की
मानिंद अलसाई छबीली,
मदहोशी छा जाती हैं फिजाँ में
तेरे जुवाँ के अंगराने से।

माघ में शबनमी बूँद में नहाई
रात थरथराई सजीली,
चमन खुल जाती हैं
तेरे रुख में हिलकोरे बन जाने से।

सलाम

नील के किनारे दिलों में
तपिस लगता चलूँ,
ये शहर के बाशिंदों
तुझे सलाम करता चलूँ।

बल सादगी और
ख़ुशहाली का तराना हमारा,
ये महफ़िल तुझे
अपना कलाम सुनाता चलूँ।

केशरिया दूधिया हरा
रंगों का धरम हमारा,
ये फरिश्तों तुझे
हिन्द का पैगाम देता चलूँ।

फ़ना हो मुफलिसी
नशेमन में खिले बहार,
ये दुनिया तेरे बाबस्ता
मक़ाम बनाता चलूँ।

नीले आसमान के
तले अमन हो पुरनूर,
ये शिहाब रंग जमाल
तेरे नाम करता चलूँ।

प्रेम रंग

जबसे मैं रंगा हूँ
तेरे प्रेम रंग में रंग रसिया,
मेरा तन मन सब
इंद्रधनुषी होने लगा है।

जब से मिला है धरकन
तेरे सुर में प्रेम पिया,
मध्यम के बिना सुर
सप्तक सजने लगा है।

जब से चला है तेरे
प्रेम का जादू मन माहिया,
मद्यपान बिना मेरा
सुध बुध खोने लगा है।

जब से मिला है तेरा पथ
साथ में सोने साथिया,
अब चाँद और धरा की
दूरी सिमटने लगा है।

जब से मन मगन है
तेरे धुन में संग साँवरिया,
साज़ सरगम के बिना
कदम थिरकने लगा है।

जब से मिला है तेरे
रूह में साँस वन बसिया,
चंपा चमेली खिले बिना
सुबास होने लगा है।

मंगल मिलन

अग्नि शिखा परआरोहित
हमारा मंगलमयी तिरंगा
मंगलाचारण किये धूम मचाता
कूंच किया मंगल पथ
शुभ संकल्प से जगमगाता
और प्रकाश पर्व मनाता
यशस्वी वैज्ञानिकों ने
किया इसे प्रशस्त पथ

तीन शतक दिवसीय
6.5 करोड़ किमी लम्बी मार्ग में
ना थके ना रुके अनवरत
संकल्पित लक्ष्य के साथ
मंगल की चाह में
मंगल से मंगल मिलन हेतु
गणन मनन करता
रवि से पोषित ये हिन्द रथ

संसार का संशय मिटा
जब मेरा आज एक ज्वाला फूटा
तेरे सीमा में प्रविष्ट होने को है
मंगल मेरा सफल रथ
प्रत्येक छठे गण का
सन्देश ला रहा हूँ धरा से
चुम्बन को आतुर है
आगवानी करने आ जाना पार्थ

धन्य हुआ वैज्ञानिक तेरा
ज्ञान विज्ञान का अभियान
रवि संदेशा लाया तेरा लाल है
मंगल की लाली के साथ
अद्भुत था क्षण प्रतिक्षण
साक्षी बना ये विश्व विशाल
मंगलमयी सतरंगी धरा के
दूत किया अपना हाथ लाल

मिल्लत व उख़ूवत

आलम-ऐ-इंसान के दरम्याँ
मिल्लत व उख़ूवत बनी रहें।
आकबत की खबर रब जाने
दुनिया-ऐ-हकीकत बनी रहें।

ईमान का तकाज़ा है सबों की
ख़ुशुशी शख़्सियत बनी रहें।
दीन-ऐ-नाम चाहे हम जो भी दें
उनकी अहलियत बनी रहें।

रंग ख़ुशबू जमीं फ़लक से गुलज़ार
ये कायनात बनी रहें।
अर्शोफर्श में अख्लाख़े आईन हो
उनकी करामात बनी रहें।

सदियों से ऐ पैगाम सरेआम है
इंसानी फितरत बनी रहें।
मंजिल-ऐ-जानिब मुख़्तलिफ़ है
उनकी रहमत बनी रहें।

दिल शफ़ाफ़ हो आइने की तरफ़
कौमी ज़ज़्बात बनी रहें।
अज़ल पुरनूर हो शिहाब का
उनकी अज़ालियत बनी रहें।

दरम्याँ- between, उख़ूवत- Brotherhood, ख़ुशी-specific, आकबत-Ressurection, फितरत-Nature, तकाज़ा-Reminder, कायनात-Universe अर्शोफर्श-Heaven and earth, करामात-Magic, आईन-Code, अख़लाख-moral, शिहाब-Shooting star, मुख़्तलिफ-Distinct, अहलियत-Worthiness, अज़ालियत-immortal

साँवरिया

विरहों के अग्नि में लपटी है
वर्षों से मेरी काया
दादुर ताल लगाए साँवरिया
सावनी रस घोल दो

माघ की शीत वसन में
सिमटी है तेरी माया
कोयल कुहुँ बोले
साँवरिया बसंती रंग घोल दो

अँधियारी दिवा में
बिलखती है तेरी किशलया
पपीहरा पीयूँ पुकारे
साँवरिया अधर पट खोल दो

मधुर मिलन की आस में
तरसती है तेरी छाया
भँवरे गुं गुं पुकारती
साँवरिया प्रेम गीत मोल दो

तीव्र सप्तक लय में
थिरकती है तेरी सौम्या
घुँघरू झनन बाजे
साँवरिया पंचम भाषा बोल दो

हमारी मोहब्बत

हमारी सोहबत का कारवाँ बढ़ेगा
पलकों के गुलाबी होने तक
ऐ मोहब्बत परवान चढ़ेगी अपनी
अलकों के सफ़ेद होने तक

अभी आगाज़-ऐ-रौशनी है इस मशरिक में,
मेरे हमदम ऐ हमनवा
हमारी चाहतों का शरारा सयान होगा
दामिनी के चमकने तक

अभी आगाज-ऐ-शमा है इस अंजुमन में,
मेरे हमसफ़र ऐ दिलनशीं
हमारी आहटों का पयाम बयान होगा
क़दमों के खनकने तक

अभी आगाज़-ऐ-रबी फ़सल है इस साल में,
मेरे हमराह ऐ दिलकशीं
हमारी आदतों का सूरत जवान होगा
गुलों के महकने तक

अभी आग़ाज़-ऐ-अज़ल है इस हयात
में, मेरे हरदम ऐ महजबीं
हमारी राहतों का अपना जहान होगा
साँसों के लरज़ने तक

सोहबत-Company, परवान-Climax, अलक-Hair, शरारा-Spark, दामिनी-Lightning, मशरिक-East, पयाम-Message, शमा–Candle, अंजुमन-Distinct gathering, रबी-Spring, फ़सल-Season, अज़ल-Death, हयात-Life

मेरे महबूब

मेरे महबूब में क्या बात है,
कलाम में बताई नहीं जाती
सनम की जितनी तारीफ करूँ,
लबों में समाई नहीं जाती

आफ़ताब में महताब में उनका ही
सब नूर-ऐ-जमाल है
उनमे कौन सा रंग है,
रंगीन कमान में समाई नहीं जाती

शहर में सहरा में उनका ही
सब खाक-ऐ-महाल है
उनके कितने चेहरे हैं,
दुनिया-ऐ-शबीह में उतारी नहीं जाती

लहर में बहर में उनका ही
सब ग़ज़ल-ऐ-महफ़िल है
उनमें कितनी तरन्नुम है,
मकामात में समायी नहीं जाती

ज़हरा में शज़र में उनका ही
सब रूह-ऐ-कमाल है
उनमे कितनी अबीर है,
कभी नफ़स में छुपाई नहीं जाती

मंजर में पसमंजर में उनका ही
सब नज़र-ऐ-कामिल है
उनमे कितने इल्म है,
कभी तफ्सील से सुनाई नहीं जाती

कलाम-Words, आफ़ताब-Sun, महताब-Moon, नूर-ऐ-जमाल-Beautiful light, रंगीन कमान-Rainbow, सहरा-Desert, शबीह-Portrait, बहर- River, तरन्नुम-Rythem, मकामात-Music scale, ज़हरा-Flower, शज़रा-Trees, कमाल-Perfection, अबीर- Fragnance, मंजर-Perspective, पसमंजर-Background, कामिल-Perfection इल्म-Knowledge, तफ्सील-Detail

राज़

ज़ख़्मों से भरी इस जिन्दगी में
इश्क़ की दास्तान छुपी हैं
चाँदनी इश्क़ के बारे में मत पूछ
अभी सारी रात बाक़ी है

मेरे मुस्कुराते अक्स के पीछे
अश्कों की सैलाब छुपी है
फिजाओं मुझे मदहोश न करना
अभी सारी ज़ज्बात बाकी है

उनके यादों के साये में
जिंन्दगी की तमन्नाएँ छुपी है
घटाओं मेरे हाल पर तरस खाना
अभी बरसात बाकी है

वफ़ा को बदनाम कर वो
आज गैर की बाँहों में छुपी है
मैय्यत पर कल सेहरा सजाना
अभी अरमानो की बारात बाकी है

उसके हाथों के सुर्ख हीना में
मेरे कतरों की दाग छुपी है
निकाह की रात मुबारक
अभी क़यामत की मुलाक़ात बाकी है

एक प्यास

अपनों के इस भीड़ में भी
हरपल ख़ुद को तन्हा पाता हूँ
रहकर समंदर की गोद में
आज ख़ुद को प्यासा पाता हूँ

नूर भरी बहार में भी
दिले गुल को आज बेज़ार पाता हूँ
रफीकों से भरे इस शहर में
ख़ुद को बेसहारा पाता हूँ

कतरों के सैलाब में भी
अपनी नफ़स को थका पाता हूँ
बुलंदियों की इस दौड़ में
आज ख़ुद को खड़ा पाता हूँ

सर्द बाद -ऐ-नसीम में भी
इस दिल को जला पाता हूँ
गुलरंग में भरी महफ़िल में भी
बदन को बेरंग पाता हूँ

रिश्तों की इस मयखाने में भी
लबों को जला पाता हूँ
नशेमन के बाज़ार में आज
सर को बे-आसरा पाता हूँ

रौशनी के इस तूफ़ान में भी
आँखों को स्याह पाता हूँ
नूर बरसाते सितारों में
शिहाव को आज बेनूर पाता हूँ

मुस्तकविल

तेरी शोख नज़रों में
मेरे मुस्तकविल का नूर है
एक साथ है सफ़र में
फ़िर भी ये मंजिल दूर है

तेरी सुर्ख लबों में
मेरी अव्वल ग़ज़ल माअमूर है
रूह रूबरू है ज़ुहर में
फ़िर भी ये महफ़िल बेनूर है

तेरे पाक दामन में
मेरा एक साहिल ज़रूर है
एक सैलाब है ज़िगर में
फिर भी ये दिल मजबूर है

तेरे नूरानी रुखसार में
मेरे पल पल का तसब्बुर है
शरारा है ज़मीर में फिर भी
ये संगदिल मशहूर है

तेरे नफ़स-नफ़स में
मेरी अज़ल का सरूर है
महताव है सहर में
फ़िर भी ये शिहाब मसरूर है

मुस्तकबिल-भविष्य, मामूर-Determined/मुक़र्रर, ज़ुहर-नमाज का एक वक़्त, सहर-Dawn/भोर, अज़ल-मौत

इंतज़ार

मेरी आशिकी की इल्तिजा है
कोई ख़्वाबों के आशियाने में आए
इंतज़ार के लम्हें जवाँ है
कोई मेरे पलकों के सामियाने में आए

बादे सहर ने आवाज़ दी है
कोई सावन के महीने में आए
बहुत करार है नफ़्स में
कोई हमराह दिल के सकिने में आए

अश्कों की जाम पेशेखिदमत है
कोई नैनों के पैमाने में आए
बहुत सरूर है ज़िंदगी में
कोई जान के इस मयखाने में आए

मुझे एक अक्श का इंतज़ार है
कोई तक़दीर के आईने में आए
बहुत तन्हाई है चितवन में
कोई पहलू के काशाने में आए

दिल की ऐ महफ़िल सजी है
कोई मेरे साँसों के तराने में आए
बहुत आग है इस जिगर में
कोई शिहाब के अफसाने में आए

काशाने-भिक्षा पात्र

इस्तकवाल

हसरतों की जद्दो-जहद में
अब तक गुजरा है ज़िंदगी का पल-पल
शब के आगोश में था डगर
अब नए सहर का इस्तकवाल करेंगे

सवालों के सरो-साये में
अब तक ठहरा है ज़िंदगी का सिलसिला
धुप के पनाह में था रहवर
अब नए सफ़र का इस्तकवाल करेंगे

फ़लक की दरो-दीवार में
अब तक सँवरा है ज़िन्दगी का महल
सराब के साये में था नज़र
अब नए मंजर का इस्तकवाल करेंगे

ज़माने की रश्मों रिवायत में
अब तक बिखरी है ज़िन्दगी का ग़ज़ल
संगदिल के हाथों में था खंज़र
अब नए एतवार का इस्तकवाल करेंगे

शराबों की बूँद-ओ-बूँद में
अब तक उभरा है ज़िंदगी का कातिल
साकी के प्यालों में था ज़हर
अब नए नूर का इस्तकवाल करेंगे

चैती बयार

पिया चैत के पुरवा बयार से
चुन्दरिया लहर उठे
रामा कोयली के बोलियाँ से
जिया में कसक उठे

डोली में लिए अमिया महुआ
चैता कहार चहक उठे
फगुआ कहत कब बसंत में
चैती बयार दमक उठे

रूनी झुनि बाजे पायल
जब कमरिया लचक उठे
कमानी अखियों के प्रेमतीर से
कलेजा धड़क उठे

अमिया और महूलिया के खूश्बू से
भोर महक उठे
जब गेहूँ काटे जाये साँवरिया
मनवा में दहक उठे

सेजिया के सलबट में खोयी
देहिया झनक उठे
परदेशिया बालम तेरे आने से
तन मन बहक उठे

सैयाँ संग सेजिया में
रात भर चूड़ियाँ खनक उठे
बिजली करड़कने से रतियाँ में
चोलिया मसक उठे

आजकल

आज तुम जो नहीं हो
मेरी ज़िंदगी में
कुछ भी नहीं है
मेरे हर ख़ुशी में

राहें कलियाँ बिखेरती नहीं हैं
फूलों में ख़ुशबू नहीं है
अब बहारों में उतना
चमन नहीं रह गया है

मेरे ज़िंदगी में सावन नहीं है
बस पतझर बन गई है
काली घटाओं को हवा का
झोंका उड़ा ले जाता है

अम्बर में तारे नहीं है
झरना जमीं पर गिरती नहीं है
अब झील में कमल
खिलकर मुस्कुराता नहीं है

अपने पराये समझने लगे है
दुनिया समझने लगी है
मुझे अब लोग गम का
शहजादा समझने लगी है।

आमना सामना

उसकी निगाहें जब
मेरे सामने आती है
मुझे दीवाना बनाकर
चली जाती है

ये मौशम और फिजायें
मुझे आशिक बना देता है
उसकी जुल्फें मुझे
घटा सावन की बनाकर जाती है

उसकी अदाएँ मुझे
परवाना बनाकर जाती है
मेरे दिल में सुलगती हुई
आग लगाकर जाती है

वो हँसकर आँखें मिलाकर
आशिक बना देती है
फिर वह रूठ कर
आँखों को रुलाकर जाती है

सपनो में आकर मेरा
नींद और चैन चुराती है
कसम खिलाकर वो मुझे
साजन बनाकर जाती है

अजब संयोग

पुरनूर रंग से ये कायनात बनाये होंगे
खुदा तेरे मेरे नसीब को लिखे होंगे
तब दुनिया बनाये होंगे इतने अजीब से

धरती बनाए होंगे अंबर बनाए होंगे
फूल बनाए होंगे चमन सजाएँ होंगे
सुख-दुख के दीपक जलाए होंगे अजीब से

झरनों की झर झर सावन की पतझड़
कोयल की कूँ कूँ बुलबुल की गान
फूलों की घाटी बनाए होंगे अजीब से

तितलियों के रंग और फूलों में ख़ुशबू
चंदा की रौशनी तारों का टिमटिमाना
बेहतरीन कहकशां बनाये होंगे अजीब से

ए फूलों की कलियाँ बहारों की रंगरेलियाँ
यह हसीनों की गलियाँ दीवानो की टोलियाँ
हमें जमीन पर बसाए होंगे अजीब से

तुझे शम्मा बनाया मुझे परवाना बनाया
मेरे तेरे प्यार की एक अफसाना बनाएँ
तभी तो मिलन कराएँ होंगे अजीब से

कभी न जा छोड़कर

ओ नाजमी हसीन
ये दिलरुबा कहाँ चली
मुझे इस गम में
तड़पते छोड़कर

गाँव की हर गलियों में
फूलों की हर वगीया में
दुनिया की रंगरेलियों में
मिलकर न जा शरमा कर

नज़र मिलाकर
मुझे घायल दीवाना बनाकर
कभी मुझसे दूर न जा
जीवन में अकेला छोड़ कर

कभी थोड़ी हँसकर
कभी थोड़ी गुनगुनाकर
बहारों की महफ़िल सजाकर
न जा मुँह फेर कर

अपने दिल में बैठाकर
पलकों में छुपाकर
अपना आशिक बनाकर
न जा मुझसे यूँ रूठ कर

सपने का सच

सारा जहाँ मिल गया
हर ख़ुशी मिल गई
जब लबों ने कहा
दिलों ने सुनी तराने
आँखें चार हो गईं
जब तुम मिल गए
मेरे हमदम मेरे दिलवर

सपनों में जिसने
मेरा नींद चुराती रही
दिन में जिसकी याद आते
दीवाना होता रहा
लगता है मेरे सपनों की
कामिनी मिल गई
मेरे मरहम मेरे रहबर

मैं वर्षों से जिन्हें
राह में ढूँढ़ता रहा
हर वादियों के कली से
यह पूछता रहा
लगता है वो हसीं
हमशहर मिल गई
मेरे हरदम मेरे मुनव्वर

मैं यादों में जिसके लिए
गीत बनता रहा

राग में सजाकर
उसे लव से गुनगुनाता रहा
लगता है मेरी वो मधुर
रागिनी मिल गई
मेरे सरगम मेरे दिलबर

तुम्हारा प्यार

मुझे दुनिया में सिर्फ़
तुम्हारा प्यार चाहिए
ज़िंदगी के सफ़र में
तुम सा राज़दार चाहिए

तख़्त नहीं ताज नहीं
न शान चाहिए तेरी
तेरे नाजुक लबों से
प्यार का इज़हार चाहिए

फूल नहीं ख़ुशबू नहीं
न गुले बहार चाहिए
तेरी रूख़सार से
झलकता गुलनार चाहिए

गीत नहीं संगीत नहीं
न सरगम चाहिए
तेरी ठहाकों में लिपटी
महफ़िल गुलज़ार चाहिए

चाँद नहीं सितारा नहीं
न आकाशद्वीप चाहिए
इस दिल के नशेमन में
हसीन दिलदार चाहिए

असमंजस

मुझे तुम अपने प्यार के
काबिल नहीं समझी
न तुम मौत तो दे सकी
न ज़िंदगी दे सकी

वफा तो निभाई नहीं
न कर सकी बेवफाई
मधु तो तुमने पिलाई नहीं
सिर्फ ज़ाम पिलाई

अपना तो तूने समझा नहीं
बेगाना समझ लिया
दिल को एक खिलौना
समझ कर ही तोड़ डाला

रीत रश्में निभाई नहीं
तुमने प्यार कर लिया
गमें ज़िंदगी में तुमने
मुझसे दामन चुरा लिया

प्यार का राही

मैं प्यार का बंजारा
अब बेसहारा चला,
दुनिया के हर अंजाम से
अंजाना रमता चला

होंठों में मुस्कान लिए
आँखों में प्रेम का अरमान लिए
बहारों के चमन से नीले गगन तक
बेख़ौफ़ गुजरता चला

रोज दिन अजीब से
लहलहाते वादियों के करीब से
अपनी ख़ुशी भरी प्रेम गीत
नफ़रतों के हद मिटाता चला

सागर के लहर से
ज़िंदगी के सफर तक
ज़माने की ख़ुशी के लिए
गमों को गले लगाता चला

पूरब से पच्छिम तक
हर मौसम में हरपल
तराने इंसानियत के
लबों पे गुनगुनाता चला

कमसिन

कमसिन लग रही हो
तुम नमकीन लग रही हो
सारे आशिकों के दिलों पे
मरहम लग रही है

जब तुम मचलती हो
तेरी कंगना खनक जाती है,
शायद संगीत की सुमधुर
सरगम लग रही हो

तेरी बिंदियाँ चमक रही है
तेरा तन मन लहक रहा है,
तुम सचमुच फिजाँ की सहाब
आबे जमजम लग रही हो

तुम चंचल लग रही हो
तेरी ओंठ कुछ कह रही है,
शायर की रुबायीं या
ग़ज़लें तरन्नुम लग रही हो

रूख पर पसीने के बूँदें
या हरी घास पर शबनम
यकीनन जानेमन तुम
मेरी हरदम लग रही हो

बेइन्तहां प्यार

तन्हाई होती है
बेताबी बढ़ती जाती है
जब जब तुम मुझसे
इतनी दूर होती है,

रात में तेरी याद आती है
मैं दीवाना होता हूँ
सुबह-सुबह तेरे घर के तरफ़
रवाना होता हूँ

जग की रश्में छोड़ता हूँ
सारे बंधन तोड़ता हूँ
सच कह रहा हूँ
तुझसे ही मैं प्रीत जोड़ता हूँ

आसमान में बदली छाती है
बरसात होती है
तेरे बिना मेरा ये तन मन
सुलगता रहता है

चाँदनी समझता हूँ
तुझे ख़्वाब समझता हूँ
चाहकर भी तुझे
कभी भूला नहीं पाता हूँ

बेइन्तहां प्यार करता हूँ
ये कसमें खाता हूँ
साथ जीने-मरने का
तुमसे वादा करता हूँ

अंतिम मंज़िल

तुम जन्नत के
हूर के हमशक्ल हो
शायद तुम किसी
शायर की ग़ज़ल हो

तुम मेरी बाहों में
रहोगी तो समझूँगा
तू मेरी खवाबो के
अरमानो की नक़ल हो

तू मुझसे शरमा जाओगी
तो समझूँगा
तु ही मेरी वाटिका की
नाजुक एक फूल हो

मेरे गम को गले लगाओगी
तो समझूँगा
तुम ही मेरी जीवन की
हमसफ़र चंचल हो

जीवन की राह में मिलोगी
तो समझूँगा
तू ही मेरी चाहत की
अंतिम मंज़िल हो

आरज़ू

ओ बेवफा तुझे मेरा दिल
आज भी ढूँढ़ता है
तेरा ही नाम लेकर
हरपल दिल आहें भरता है

कल तुझे माँगा था
और आज भी माँगता हूँ
ख़फ़ा क्या हुई कि
सज़ा आज भी मिलता है

तेरे लिये महफ़िल में
पहले मैं गीत गाता था
बेकरार इस महफ़िल में
आज फ़रियाद सुनाता है

बीते लम्हों की प्यार भरी
बातें याद करता हूँ
तेरी तीरे नज़र का
घायल सिसकता रहता है

दिलों में बसोगी तुम
मेरी यही दिल से दुआ है
जहाँ भी रहें ख़ुशहाल रहें
सिजदा में माँगता हूँ

मौसम मस्तानी

आहिस्ता दिन ढलने लगी
सुहानी शाम हो गई
मेरे हुज़ूर तेरे आने से
मौसम मस्तानी हो गई

कलियाँ खिलने लगी
ये भँवरें चहकने लगा
तेरा बदन चहकने लगा
ये दिल बहकने लगा

कोयल की कूँ कूँ सुनकर
चमन खिलने लगा
जब लव गाने लगा तेरी
पायल बजने लगी

चंदा की आँख मिचौनी से
धुप छाँव होने लगा
वदन पर रौशनी उलझने से
मन मचलने लगा

फिर रात हो गई दुनिया
नींद में नहाने लगी
मेरे हसीन जानेमन
तू बाँहों में सिमटले लगी

मंज़ूरी

पूरब से पश्चिम की
आफ़ताब की सैर
अगर ख़ुदा को
यह मंजूर ना होता
ना तुम होती यहाँ
ना यह जहाँ होता

जिस चमन में कल
फूल खिले हुए थे
आज उस चमन में
काँटे बिखरे हुए हैं
आशा-निराशा के बीच
जीवन में न होता

किसी के होंठों पर
तराने की लय थी
किसी की आँखों में
सागर की लहरें हैं
मिलन-जुदाई की
ये बेला न होता

कभी किसी के ख़्यालों में
मैं रहता था मशरूफ
आज उनके लिए
संगदिल आशिकी की
दीवानगी न होता

इंतज़ार क्यों है
अब भी इस दिल में
मालूम है कि
उनकी राहें जुदा
सफर के इस दौर में
कोई न मंज़िल होता

आशिक

ये हमनशीं आशिक
बना हूँ तुझे देखते देखते
बेकरारी बढ़ती जाती है
शाम ढलते ढलते

चंद लम्हों में मुझे
नशा चढ़ गया तेरे प्यार का
लम्हे गुज़रती गई शायद गई
पलकों से कुछ कहते कहते

मुस्कुराती हुई बलखाती हुई
वह अपनी अदा में चलते चलते
प्यार के गम में सिसकते हुए
निगाहें रुक गई मिलते मिलते

तेरे चाँद जैसे मुखड़े
सागर जैसी आँखों में देखकर
थाम लिया उसकी नाजुक कलाई
शर्माती हुई चुरा ली चलते चलते

मौसम की यह मस्तियाँ
खिल गई जवानी की अंगड़ाइयाँ
लबों से वह प्यार भरी बातें
रुका नहीं बेताब दिल हँसते-हँसते

मिलन

ऐ पूछो न मुझसे उनसे
कब हुई मुलाकातें
कैसे मिले थे हम
कहाँ पर हुई क्या क्या बातें

मैं ख़ूबसूरत वादियों में
चल रहा था गुनगुनाते
मस्त समाँ में पसंद आ गई
सनम की नज़ाकतें

ख़्वाबों की तस्वीर से
रूबरू हुआ चलते चलते
यूँ ही हम एक रह पर
चल पड़े मिलते मिलते

प्यार पर लग गई थी
ज़माने के नज़रों के काँटे
सनम ने बचा लिया था
भँवर में डूबते डूबते

सालों लग गए थे हमें
ज़माने के फासले मिटाते
फिर पूछो न मुझसे
कैसे गुज़री मिलन की रातें

सनम

तुम्हें देखा है जब से
दिले करार के क्या कहने है
जिसने मेरे लिए तुझे बनाया
ये सनम मालिक के क्या कहने है

माथे पर सिंदूरी सूरत
तेरी काया कोमल कंचन है
नैन तेरे कजरारे हैं
ये सनम झील के क्या कहने हैं

चले तुम चाल शराबी
तेरी गाल गुलाब की पंखुड़ी है
जुल्फें तेरी घटा सावन की है
ये सनम बादल के क्या कहने हैं

होठों की रंग गुलाबी
तेरी बातें तो शायर की गजल है
चेहरे पर लाल चमकती बिंदिया
ये सनम तारों के क्या कहने हैं

दिल में चंचलता लबों में शोखी
फूल जैसी तेरी नाजुक कमर है
चंदन जैसा तेरा महकता बदन
ये सनम ख़ुशबू के क्या कहने हैं

दिल का दर्द

जब दिल का दर्द
नहीं कोई सुन पाता है
तो मेरी आँखों से
आँसू निकल जाता है

अपने दोस्तों को ही
कोई दर्द सुनाता है
कोई नहीं सुने तो लवों पे
मेरे शिकायत आ जाता है

सुनाया हाले दिल तुम्हें
तुमने कहाँ सुनना चाहा
जब हमराज़ ही चाहें
सब राज खुल जाता है

जब मझदार में कश्ती
भँवर रोक लेता है
माँझी साथ ना दे तो कश्ती
भँवर में डूब जाता है

ग़मों के दौर में
हमसफ़र मरहम लगता है
अगर रहबर साथ नहीं देते
राही नाकाम हो जाता है

भुला दिया

प्यार की बातें ना करो
मैंने सब कुछ भुला दिया
बेवफा से दिल लगा कर
गमों को लहू में घुला दिया

तेरे प्यार की खातिर
ये संगदिल सनम
फलक से चाँद को
जमीन पर बुला दिया

मगरूर थी तुम
इस कदर तिज़ारत में
खनकती सिक्कों से
मेरे प्यार को सुला दिया

देखते ही रह गया
अपनी नाकाम उल्फत
चाहत की अरमान संजोये
आँखों को रूला दिया

घुट घुट पीने लगा
सितम तेरे जाम की
आह न निकले दिल से
तुमने साँसों को फूला दिया

बेअसर

कभी न कोई मुझसे पूछो
मैं नहीं करता प्यार
तड़पते दिल में कभी
ना ला सकी कोई बहार

मैं अजनबी राही हूँ
तन्हा घूमे डगर डगर
ना कोई यार है
ना कोई हमसफ़र

कितने दास्ताँ सुने थे
लेकिन मैं हूँ एक लहर
साहिल नसीब में कहाँ
जो मिल जाए कोई दिलबर

मौसम बदलता रहा लेकिन
मिल न सका उससे नज़र
वह बेवफ़ा ही निकली
नहीं की मुझसे इज़हार

जमाने के ऐसे सितम
मैंने हँसकर सहता रहा
कारवाँ बढ़ता गया राहों में
बेअसर हुआ सितम का ज़हर

सपनों की रानी

ये मीठे सपनों की रानी
तू सावन में न कर नादानी
भीगे मौसम में सैलाब तेरा तन
कहीं दिल में चुभन हो जाएगा

जानेमन तेरा चंदन सा बदन
दिल में लगता एक अगन
आशनाई से काँपे धडकन
कहीं साँसों में जलन हो जाएगा

तेरी कंगना की खनखन
दिल में बजे सरगम सी धुन
नई अंदाज़े है मौशिकी है
कहीं राग यमन हो जाएगा

गालों पे उभरते हिलकोरे
दिल में लगता गुदगुदी सी
रुख पे लहराते हुए जुल्फें
कहीं घटा गगन हो जायेगा

दामन को उड़ाए ये पवन
दिल में उठे एक तूफ़ान
बिजली गिराए तेरा यौवन
मैं तेरा सजन हो जाऊँगा

दयार

मोरी नैना हो गई बाबरी
भोले सजन तेरे करार में
दिल दीवानी हुई जाए रे
सलोने बलम तेरे प्यार में

मचलती चली जब ठंडी हवा
दिल में कसक सी उठती है
मेरा दामन उड़ता जाये रे
साथियाँ इस चैती बयार में

बलखाए जब मेरी कमरिया
पायल छनक सी बजती है
तन मन सरगम हुई जाये रे
सजन तेरे चाहत के खुमार में

गालों छूले फूलों की डाली
काँटों की चुभन सी होती है
प्रेम की आग लग जाये रे
दिलबर सावन के फुहार में

जब गुजरते हो मेरे पास से
जिश्म में सिहरन सी होती है
दिल लाजबन्ती बन जाये रे
माहिया तेरे हसीन दयार में

दयार-इलाक़ा

हसीं पनाह

मैं ख़ुशी ढूँढ़ने गई थी
वफा के राहों में
जमाने की सारी ख़ुशी मिली
सजन की बाँहों में

सुरमई अखियाँ मिल गई
उस अजनबी से अनजाने में
क़ैद हो जाऊँगी एक दिन
इस हसीन गुनाहों में

आधी रात को दीवानी हुई
उनके ख़्यालों में
पनघट पर मिलते
खो जायूँ उनके निगाहों में

चमन में कलियाँ मुस्कुराई
बहारों के मौसम में
मैं दीवानी बन गई
उनके सैर गाहों में

सोलह सावन लग गई
जीवन की वाटिका सजाने में
मैं प्रेम में लूट जाऊँगी
उनके हसीं पनाहों में

सजावट

शमा बुझ गई तो क्या हुआ
महफिल में चिराग जला दूँगा
कसम है मेरे चाहत की
तुम्हें प्यार के माला में सजा दूँगा

शर्माती रहो मुस्कुराती रहो
दिलों पर बिजलियाँ गिराती रहो
ना तुम चुप रहो बातों बातों में
तेरी चिलमन में मीना सजा दूँगा

दिलों में कसक सी उठाती रहो
नगमे लुटाता रहूँ महफिल में
झटकती रहो ये घनेरे बादल
तेरी जुल्फों में कलियाँ सजा दूँगा

सबके यादों में बसती रहो
ख़ुद की हस्ती मिटाता रहूँ
तेरी बेहतरीन उल्फत में
तेरी माँग सितारों से सजा दूँगा

सँभालती रहो यूँ ही मिलती रहो
पायलों को यूँ ही छनकाती रहो
न खो जाना नज़र के जुस्तजू में
निगाहों में ख़ुद को सजा दूँगा

तुझे प्यार करूँगा

तुमसे प्यार किया था
ना की थी जुदाई
कैसे सितम उठाए थे मैंने
तुमने तो की बेवफाई
बेवफा ही सही फिर है हसरत
मैं तुझे प्यार करूँगा

चाहा है दिल से तुझे
बिन पाए ना मिले करार
जैसे पानी बिन मछली
रंग बिन तितली
करना हो तुम्हे जो भी बे-मुर्रब्त
मैं तुझे प्यार करूँगा

तुम हो ख़ूबसूरत
मेरे दिल को है तेरी ज़रूरत
इस दिल के सिवा
ना कुछ दे सकूँगा रिश्वत
करना है कर लो मुझसे नफ़रत
मैं तुझे प्यार करूँगा

ख़ुदा ने तुझे बख़्शा है
आखों में वो इनायत
देखकर मेरे पलकों ने
कर बैठा एक शरारत

करना है तुझे जो भी शिकायत
मैं तुझे प्यार करूँगा

अब होती रहेगी
तुमसे यूँ ही मुलाक़ातें
हसीं ठिठोली की
कभी कभी चाँद बातें
जितना भी कर लो मुझसे बगावत
मैं प्यार करूँगा

पहली मुलाक़ात

वो शोख नज़रों वाली
यूँ नज़र क्यों चुरा ली
क्यों ख़फ़ा हो गई
मुझसे पहली मुलाक़ात में

ख़ामोश बैठी हो क्यों
मेरे दिल को चुरा कर
लम्हें बीत न जाये
ख़ामोशी के शिकायत में

सुर्ख़ लब तुम खोलो
उसे ग़ज़ल मैं बना दूँ
खो ना जाऊँ कहीं
तुम्हारी प्यारी बात में

ये कजरारे नयना मुझे
पल पल बेचैन करें
कहीं कत्ल़ न हो जाऊँ
नैनों के करामात में

तेरे पलकों के झपकने से
दिल में आह उठे
रूप की घटा में भिंगो दो
मुझे इस बरसात में

पलकों में ख़्वाब

तेरे चाहत में मेरी पलकों ने
कितने ख़्वाब सजाए
इन अरमानों की बारात
पलकें खुलीं तो टूट गए

पास मेरे जब तुम थी
मैं कुछ भी समझ नहीं पाया
ओझल हुई आँखों से
तेरे नाम पर मुझे प्यार आया

याद आती हो तुम कितनी
गीतों में मैं कैसे सजाये
तेरी मासूम अक्श को
दिल मंदिर मैं कैसे बसाऊँ

बहारों के मंजर में
दिल में आशनाई बढ़ता गया
तेरे साथ होने के अहसास में
दीवाना मैं होता गया

पल दो पल की मुलाक़ात को
मैं प्यार समझ लिया
चंचल शोख हसीना को
दिल का यार समझ लिया

लहू के रिश्ते

भाई बहन के लहू के रिश्ते
कभी टूटते नहीं हैं
कच्चे धागे टूट जाते
लेकिन रिश्ते मरती नहीं हैं

कच्चे धागे देखकर
हसीन बचपन याद आता है
रूठने मनाने की यादें
तन्हा मन से जाती नहीं हैं

रेशम के धागे से भी कोमल
वो थपकी की गूँज
राखी के दिन में इंतज़ार के
लम्हें कटती नहीं हैं

आज के दिन में बहना
भाई को याद आती है
दूर हो भी जाएँ तो क्या
यादें कभी मिटती नहीं हैं

तुमसे मिलता हूँ तो मुझे
ख़ुशियाँ बहार मिलती है
उम्र बढ़ जाती है लेकिन
बचपन बीतता नहीं हैं

रूहानी मुलाक़ात

जख्मों से भरी ज़िंदगी में
अफ़साने लम्हात बाक़ी है
चाँदनी इश्क के बारे में मत
पूछ सारी रात बाक़ी है

मेरे मुस्कान के पीछे अश्कों
इक की सैलाब छुपी है
फिजाओं मदहोश ना करना
सारी जज्बात बाक़ी है

उनकी यादों के साए में
ज़िंदगी की तमन्ना है छुपी है
घटाओं हालात पर तरस खाना
सारी बरसात बाक़ी है

लहू से सजा दो हाथों को
उन रेखाओं में जान छुपी हैं
ये मेहँदी की रात मुबारक
रूहानी मुलाकात बाक़ी हैं

वफ़ा के कातिल का रुख
गैरों के दामन में छुपी है
मैयत पे सेहरा सजाना
अरमानों की बारात बाक़ी हैं

यादों की डोली

जब भोर अपनी घूँघट खोलें
बहने लगे पवन पुरवाई
रजनीगंधा की डाली डोले
यादों की डोली में वो आई

कलियों से कोमल तेरी
मासूम जवानी ने चैन चुराई
जब से साहिल पर मिला
दिल में बस गई हरजाई

ये हिरनी सी चंचल आँखें
ताजगी लिए गुलाबी गाल
काली घटा सी जुल्फों ने
मेरे दिल पर बिजली गिराई

बहारों की ख़ुशबू इंद्रधनुषी
परिधान में लिपटा बदन
बाली उम्र का जादू चलता जाए
जब ले वह अँगड़ाई

अधरों पर कम्पन से बजे
नई धुन जैसे बजे शहनाई
उसके लरजते साँसों के
सरगम ने दिल में धूम मचाई

नई उम्मीद

पल में ही पल जीने का पहर है
जीवन हरपल अनवरत सफ़र है

वियना से वियतनाम का ये दौड़
सच में ज़िंदगी बहता सा बहर है

गति ही हमारी जीवन नियति है
चाहे लाख कोरोना का कहर है

रजनी के आँचल में आज चाँद
उसे अलविदा करने का सहर है

यादों में बसेगा अब गुजरा वक्त
नई उम्मीद है एक नया शहर है

हिलोरें तो उठेंगी इस संक्रमण में
नई नौका है लेकिन वही लहर है

www.ingramcontent.com/pod-product-compliance
Lightning Source LLC
LaVergne TN
LVHW040822051026
849519LV00007BA/2711
* 9 7 8 9 3 9 0 4 1 0 8 0 4 *